쌍둥이 빌딩이 무너진다

내가 만난 재난 ⑤

쌍둥이 빌딩이 무너진다 – 2001년 9·11 테러

개정판 처음 인쇄한 날 2025년 3월 5일 | **개정판 처음 펴낸 날** 2025년 3월 20일

글 로렌 타시스 | **그림** 스콧 도슨 | **옮김** 신재일
펴낸이 이은수 | **편집** 오지명, 박진희 | **디자인** 원상희
펴낸곳 초록개구리 | **출판등록** 2004년 11월 22일(제300-2004-217호)
주소 서울시 종로구 비봉2길 32, 3동 101호 | **전화** 02-6385-9930 | **팩스** 0303-3443-9930
인스타그램 instagram.com/greenfrog_pub

ISBN 979-11-5782-273-7 73840

내가 만난 재난 ⑤ 2001년 9·11 테러

쌍둥이 빌딩이 무너진다

글 로렌 타시스 | 그림 스콧 도슨 | 옮김 신재일

초록개구리

I Survived : The Attacks of September 11, 2001 by Lauren Tarshis
Text Copyright © 2012 by Lauren Tarshis.
Copyright © 2018 by Dreyfuss Tarshis Media, Inc.
By arrangement with the proprietor. All rights reserved.
Korean translation copyright © 2015, 2025 by Green Frog Publishing Co.
Korean translation rights arranged with BRANDT & HOCHMAN LITERARY AGENTS, INC.
through Eric Yang Agency.

이 책의 한국어판 저작권은 EYA (Eric Yang Agency)를 통해 Brandt & Hochman Literary Agents, Inc.과
독점 계약한 초록개구리에 있습니다.
저작권법에 의하여 한국 내에서 보호를 받는 저작물이므로 무단 전재 및 복제를 금합니다.

차례

도심에 나타난 비행기 ················ 7
미식축구 ························· 10
아빠가 웃음을 잃은 날 ················ 17
배럿 박사의 충고 ···················· 22
베니 아저씨 ······················· 29
비행기가 이상하다! ·················· 37
비상사태 ························· 42
두 번째 비행기 ····················· 48
남쪽으로 ························· 54
아빠와 함께 ······················· 60
먼지가 되어 ······················· 68
다시 운동장으로 ···················· 75

작가의 말 ························ 82
한눈에 보는 재난 이야기 ················ 88

도심에 나타난 비행기

2001년 9월 11일 화요일 아침 8시 46분
미국 뉴욕주 뉴욕시

뉴욕 도심 위로 파란 하늘이 화창하게 펼쳐졌다.

출근 시간이었다. 사람들은 서둘러 직장으로 향했고, 자동차와 택시와 버스는 도로 위를 바삐 달렸다.

그때 비행기가 나타났다.

뉴욕 맨해튼에 있던 수많은 사람들은 비행기를 보기도 전에 그걸 알았다. 엔진 소리가 엄청나게 시끄러웠기 때문이다.

거대한 비행기는 건물 옥상을 거의 스치듯 지나가며 하늘을 날고 있었다.

사람들은 길 위에 그대로 얼어붙었다.

열한 살 루카스는 그날 맨해튼에 있으면 안 되었다. 루카스의 부모님은 아들이 기차를 타고 시내에 나갔으리라고는, 사람들로 북적이는 길 위에 서서 엄청난 비극이 시작되는 광경을 올려다보고 있으리라고는 꿈에도 생각하지 못했다.

루카스는 비행기가 한쪽으로 기울어지며 날아가는 모습을 최면에 걸린 듯 멍하니 지켜보았다. 비행기가 이처럼 낮게 나는 걸 지금껏 본 적이 없었다. 너무 낮게 날아서, 비행기 꼬리에 적힌 'AA'라는 글자가 또렷이 보일 정도였다.

아메리칸 에어라인의 비행기였다.

머릿속에서 온갖 궁금증이 마구마구 소용돌이쳤다.

비행기에 문제가 생겼나?

조종사가 아픈가? 길을 잃었나? 뭘 착각했나?

'올라가! 올라가라고!'

루카스는 힘껏 소리치고 싶었다.

하지만 비행기는 계속 낮게 날았다. 게다가 점점 더 빨라지고 있었다.

문득 비행기 앞쪽에 뭐가 있는지 본 순간, 루카스는 심장이 멎는 것 같았다. 세계 무역 센터의 쌍둥이 빌딩이었다.

400미터가 넘는 은빛 유리 건물이 높은 빌딩들 사이에 우뚝 솟아 있었다.

비행기는 속도를 높였다.

'안 돼!'

비행기는 마지막으로 한 번 더 엄청나게 요란한 소리를 내더니, 빌딩 옆면을 그대로 들이받았다. 어마어마한 굉음이 나며 폭발이 일어났다.

루카스 주변에 있던 사람들이 비명을 질렀다. 곧이어 화창한 파란 하늘이 검은 연기와 불꽃으로 가득 찼다.

미식축구

2001년 8월 29일 수요일 아침 10시
뉴욕주 포트 잭슨

언제나 그렇듯 미식축구 훈련은 무척 힘이 들었다.

온도가 35도나 되었다. 루카스는 땀으로 흠뻑 젖었다. 세 명은 벌써 마신 음료수를 토했다. 루카스는 온몸이 안 아픈 데 없이 쑤셔 댔다.

공이 허공을 가르며 날아왔다. 도저히 잡을 수 없을 것 같았다. 그래도 루카스가 가장 잘 다루는 방향으로 공이 날아오고 있었다. 루카스는 공을 노려보면서 구부렸던 다리를 쭉 폈다. 루카스는 아주 정확한 순간에 힘껏 뛰어올랐고, 공을 낚아채서는 가슴에 꼭 안았다.

곁에 있던 아이들이 모두 환호성을 터트리며 서로 손바닥

을 마주쳤다.

아주 익숙한 행복이 루카스에게 밀려왔다. 분명 온몸이 아팠다. 코치 선생님은 항상 아이들에게 소리를 질러 댔다. 하지만 여기야말로 루카스가 가장 행복해하는 곳이고, 또한 루카스가 속한 곳이다. '포트 잭슨 재규어 팀' 선수들과 함께 뛰는, 뜨겁게 끓어오르는 잔디밭 위가 말이다.

루카스한테 미식축구 선수가 되도록 권한 사람은 베니 아저씨였다. 베니 아저씨는 아빠의 단짝 친구인데, 뉴욕시에 있는 소방서 '래더 177'에서 아빠와 같이 일한다. 루카스는 언제나 베니 아저씨를 좋아했다. 누구나 그렇듯이 말이다. 언젠가 아빠는 베니 아저씨가 소방서에서 치어리더 같은 사람이라고 말했다. 키가 188센티미터나 되고 몸에 토끼풀 그림을 새긴 치어리더 말이다.

하지만 루카스가 베니 아저씨와 진짜 친해진 건 초등학교 3학년 때였다. 그해 루카스의 아빠는 브루클린에 있는 창고에서 일어난 화재로 크게 다쳐서, 거의 두 달 동안 병원 화상 치료 센터에 입원해 있었다.

베니 아저씨는 아빠가 다 나을 때까지 엄마와 루카스 곁을 지켰다. 아침이면 베니 아저씨는 식탁에 앉아 신문에서 운동 경기를 다룬 면을 읽었다. 루카스가 "엄마 어디 있어요?"라고 묻기도 전에, 베니 아저씨는 루카스의 팔을 잡고는 자리에 앉혔다. 그러고는 루카스가 처음 보는 미식축구 선수의 사진을 가리키며 "이 선수 말이야……." 하고 말을 꺼냈다.

루카스는 미식축구에 관심 있는 척하며 자리에 앉아 있었다. 하지만 사실 루카스는 한 번도 운동을 좋아한 적이 없었다. 루카스와 아빠는 둘만의 일을 하느라 항상 바빴다. 아빠가 다치기 전, 둘은 주말마다 지하실에서 래더 177의 소방차인 '시그레이브 75' 모형을 만들었다.

하지만 베니 아저씨는 소방차 모형 따위에는 관심이 없었

다. 아저씨가 정말로 좋아하는 건 미식축구였다. 베니 아저씨는 곧 루카스가 텔레비전에서 방영하는 〈월요일 밤의 미식축구〉에서 눈을 떼지 못하게 만들었다. 루카스는 운동 경기를 보여 주는 프로그램을 보고, 아저씨가 좋아하는 팀을 응원하고, 아저씨가 싫어하는 선수들이 나오면 빈정댔다. 베니 아저씨는 루카스에게 미식축구 공을 사 주었다. 그리고 공을 던지고 받는 법을 가르쳐 주면서 뒷마당에서 함께 시간을 보냈다.

그러던 어느 날, 베니 아저씨가 포트 잭슨 재규어 팀 지원서를 들고 나타났다.

"전 정말 미식축구 못해요."

루카스가 말했다.

그때만 해도 루카스는 같은 학년 몇몇 여자아이들보다도 키가 작았다. 하지만 베니 아저씨는 루카스의 엄마 아빠가 지원서에 서명을 하게 했다. 그리고는 루카스를 차에 태우고 첫 훈련에 데리고 갔다.

그날을 생각하면 루카스는 절로 웃음이 났다. 보호 장비로 온몸을 친친 감싸서 마치 꼬마 뚱보처럼 보였으니 말이다.

"집에 가고 싶어요."

루카스가 터질 것 같은 눈물을 꾹 참으며 말했다.

"아니, 집에 안 갈 거야. 넌 저기 가서 네 능력을 보여 주고 싶을걸!"

베니 아저씨가 커다란 눈을 반짝이며 말했다. 마치 눈 속의 환한 불빛이 '넌 할 수 있어!'라고 주문을 거는 것 같았다.

그래서 루카스는 아저씨 말대로 했다.

그날 이후 루카스는 자기가 있어야 할 자리를 찾은 것 같았다. 루카스가 미식축구 경기 자체를 좋아한 것은 아니었다. 루카스는 팀원들과 함께하는 것, 사내아이들에게 둘러싸여 있는 게 정말 좋았다. 아이들은 서로를 보살폈다. 이기든 지든, 함께 똘똘 뭉쳤다.

베니 아저씨는 루카스에게 공 잡는 요령을 가르쳐 주었다. 무엇보다 공을 잡을 수 있다는 자신감이 있어야 했다.

"네 가슴속에서 자신감이 우러나와야 해."

베니 아저씨가 힘주어 말했다.

아저씨 말대로, 루카스는 자신감만 있으면 공을 대부분 잡을 수 있었다. 대부분은.

훈련이 거의 끝나갈 무렵, 누군가 잡기 어려운 공을 던졌다.

"잡아, 루카스!"

아이들이 소리쳤다.

루카스는 뛰었다. 공에서 눈을 떼지 않은 채, 팔을 쭉 뻗었다. 마치 태양이라도 잡을 수 있을 만큼 쭉. 하지만 뭔가 잘못되었다. 루카스의 가슴은 자신이 공을 잡으리라는 걸 알았다. 하지만 무릎은 그러지 못했다.

무릎이 후들거리더니 루카스는 균형을 잃었다. 그러고는 고장난 미사일처럼 허공을 날았다. 곧이어 루카스는 단단한 잔디밭에 머리부터 떨어졌다.

꽝!

머리 안에서 뇌가 부서지는 것 같았다.

머릿속에서 하얀 빛이 폭발했다.

별이 보였다. 그러고는 정신을 잃고 말았다.

아빠가 웃음을 잃은 날

몇 시간 동안 온 세상이 흐릿했다. 아이들이 루카스 주변에 벌떼처럼 몰려들었다. 코치 선생님이 루카스를 서둘러 운동장 밖으로 데리고 나간 뒤 응급실로 달려갔다. 엄마 아빠의 얼굴에는 근심이 가득했다.

하지만 결국 루카스는 괜찮아졌다. 그저 뇌진탕이 약간 있었을 뿐이다.

확실히, 몇 개월 전에 당한 뇌진탕보다 좀 더 심하기는 했다. 그리고 그 전에, 그러니까 일 년 전에 당한 뇌진탕보다도 좀 더 심했다. 어쨌든 크게 걱정하지 않는다면, 여느 때와 마찬가지로 자신이 나을 거라는 걸 루카스는 알았다.

그날 밤, 아빠가 방으로 오더니 루카스가 어떤지 살폈다.

"기분은 어떠니?"

아빠가 물었다.

"괜찮아요, 아빠."

루카스가 대답했다. 정말로 아까보다 기분이 훨씬 좋았다.

견딜 수 없는 건, 12일 동안이나 운동장 밖에 있어야 한다는 사실이었다. 루카스는 항상 친구들이 그리웠다.

아빠를 올려다보니, 루카스와 꼭 닮은 얼굴이 있었다. 갈색 눈동자에 박힌 푸른 점도 같았다.

"뭐 필요한 거 없니?"

아빠가 물었다.

"괜찮아요."

루카스가 다시 대답했다.

루카스는 아빠가 옆에 머물면서 말 걸어 주기를 바라며 꼼짝 않고 있었다. 하지만 아빠는 바로 일어서더니, 루카스의 이마에 입을 맞추고는 방을 나갔다. 루카스는 기분이 조금 가라앉았다.

아빠가 루카스의 침대맡에 걸터앉아, 함께 다음 모험을 계획하던 때가 있었다. 그때 둘은 엄마가 잠들기를 기다렸다가, 지하실로 살금살금 기어 내려가 시그레이브 소방차 모형을 만들었다. 아빠와 루카스는 한 팀이었다. 둘만의 팀 말이다.

하지만 그 뒤에 브루클린에서 창고 화재가 일어났다. 사고가 난 지 2년이 지났지만 그 기억은 여전히 생생했다. 한밤중에 현관 초인종이 시끄럽게 울렸다. 소방대장인 더글라스 아저씨와 베니 아저씨가 코를 찌를 듯한 연기 냄새를 풍기며 현관 앞에 서 있었다. 엄마는 눈물을 흘렸다. 병실에 누워 있는 아빠는 붕대를 둘둘 감고 있었다. 얼굴은 고통으로 창백했다.

루카스는 아빠가 하는 일이 위험하다는 걸 잘 알고 있었다. 쉬는 날이면 때때로 아빠는 루카스를 소방서에 데려가곤 했다. 루카스는 허드렛일을 돕곤 했다. 소방차를 물로 깨끗이 닦고, 점심을 차리고, 소방 호스를 정리하고……. 루카스가 가장 좋아하는 건 커다랗고 둥근 부엌 식탁 앞에 앉아, 아저씨들에게서 불을 끈 경험담을 생생하게 전해 듣는 일이었다.

루카스에게 소방관들은 모두 슈퍼 영웅이었다.

불이 날 때마다 소방관들은 활활 타오르는 시뻘건 불꽃과 숨 막히는 시커먼 연기로 뒤덮인 건물로 뛰어 들어갔다. 금속 장비를 휘둘러 창문을 깨고, 벽을 뜯어내고, 문을 박차고 들어갔다. 뜨거운 계단통으로 사람들을 구출하고, 공중으로 늘어뜨린 기나긴 밧줄에 매달렸다. 소방관들이 꺼야 하는 불은 비디오 게임에 나오는 악당이나 영화에 나오는 괴물보다 훨씬 더 사악하고 사나웠다.

하지만 창고 화재가 일어나기 전까지만 해도, 루카스는 불이 아빠와 같은 소방관에게 어떤 짓을 하는지 제대로 깨닫지 못했다.

아빠는 창고 안에서 무슨 일이 있었는지 한 번도 말하지 않았다. 루카스가 알고 있는 건 소방관 4명이 목숨을 잃고, 아빠가 엄청난 폭발 때문에 심한 화상을 입었다는 사실뿐이다. 지금까지도 아빠 팔에는 익지 않은 햄버거 고기 같은 선홍색 흉터가 울퉁불퉁 남아 있다.

그뿐만이 아니었다. 창고 화재 사고는 아빠에게서 환한 미소와 요란한 웃음도 앗아가 버렸다. 그 사고는 아빠를 말없는 사람으로 만들었다. 아빠는 며칠 동안 거의 한 마디도 하지 않기도 했다. 마치 마음이 딴 데 가 있는 것처럼, 멍하니 먼 산만 바라보았다. 꼭 그 창고 안에 있던 잿더미 위를 둥둥 떠다니는 것 같았다.

루카스는 언제 소방차 모형을 다시 만들 거냐고 아빠한테 묻지 않았다. 반만 만들어진 소방차 모형은 먼지에 쌓인 채 지하실에 있었다.

창고 화재 사고가 나던 날의 기억이 되살아날 때, 또는 아빠가 다시는 예전의 모습으로 돌아가지 않을지도 모른다는 걱정이 들 때, 루카스는 눈을 감고 미식축구장에 있는 자신의 모습을 그려 보곤 했다. 아이들에게 둘러싸여 있는 모습을, 멋지게 공을 잡아내자 아이들이 루카스의 이름을 힘차게 외치는 모습을……

배럿 박사의 충고

2001년 9월 10일 월요일

루카스가 뇌진탕을 일으킨 지 12일이 지났다. 이제 운동장으로 돌아가도 좋다는 허락을 받기만 하면 되었다. 루카스는 달력에 가위표를 그려 가며 오늘을 손꼽아 기다려 왔다. 엄마는 약속한 의사를 만나러 가려고 루카스를 학교에서 일찍 데리고 나왔다. 엄마는 루카스가 다시 미식축구를 해도 되는지 확실히 점검하고 싶어 했다.

"전 괜찮아요. 보세요!"

루카스가 팔을 들어 올려 팔 근육에 힘을 주며 말했다.

엄마가 웃으며 대꾸했다.

"정말 멀쩡해 보이는구나."

엄마는 루카스를 새로운 의사에게 데려가야겠다고 마음먹었다.

"그분이 최고라더라. 그분한테 진료받을 수 있어서 정말 다행이야."

엄마가 말했다.

배럿 박사는 아주 짧은 금발 머리에 어깨가 넓어, 의사보다는 미식축구 수비 선수처럼 보였다. 배럿 박사는 루카스를 검진실로 데리고 가서 몸 구석구석을 살펴보았다. 눈을 들여다보고, 심장과 폐에서 나는 소리를 확인했다. 배럿 박사는 루카스한테 한 발 한 발 천천히 방을 가로질러 걸어 보라고 했다. 루카스는 이 검진을 모두 통과하는 데 자신 있었다.

검진이 끝나고 나서 배럿 박사는 엄마와 루카스를 진료실로 불렀다. 벽에는 액자에 담긴 학위 증명서와 함께 미식축구 선수들 사진이 걸려 있었다. 루카스는 '덴버 브롱코스' 유니폼을 입은, 우락부락해 보이는 선수의 사진을 바라보았다.

"댄 브록이야. 이름은 들어봤지?"

배럿 박사가 말했다.

귀에 익은 이름이었다. 하지만 어디서 들었는지는 생각나지 않았다.

"위스콘신 대학에 다닐 때 우수 선수로 뽑혔지. 그러고 나서 미국 미식축구 리그에서 뛰었고."

이번에는 배럿 박사가 바로 옆에 있는 사진을 가리켰다. 환하게 웃고 있는 선수였다. 코는 납작하고 뺨은 아기처럼 오동통했다.

"저 사람은 티루스 벨로네라고 해. 플로리다 주립 대학에서 태클을 담당했지. 그런 다음 '그린 베이 패커스'에서 10년 동안 뛰었단다."

벽에는 또 다른 사진 세 장도 걸려 있었다. 루카스는 마지막 사진만 누구인지 알아보았다.

"저 사람은 스탠 월시 아닌가요? 저 선수는…… 음, 그러니까……."

저 선수는 죽었다. 바로 몇 달 전에. 그때 베니 아저씨는 몹시 속상해했다. 대학에서 미식축구 선수로 뛸 때, 스탠 월시를 상대로 경기를 한 적이 있었기 때문이다.

루카스가 스탠 월시를 안다는 걸 알고, 배럿 박사가 고개를 끄덕였다.

"이제 막 마흔 살이 되었지. 저 사람은 80대 할아버지들에게나 나타나는 뇌 손상을 입었어."

배럿 박사가 말했다. 그러고는 벽을 가리켰다. 벽에 있는 모든 선수들의 사진을 말이다.

"저 사람들은 모두 죽었단다. 뇌를 우리 실험실에 기증해서 연구했는데…… 모두 뇌진탕 때문에 목숨을 잃었단다."

루카스는 등골에 소름이 쫙 끼쳤다. 엄마를 쳐다보니, 엄마는 놀라서 눈이 커져 있었다.

"우리는 흔히 뇌진탕을 무릎 삔 것 정도로 대수롭지 않게 여기곤 해. 머리가 띵하면 치료하고, 그러고 나면 다 나았다고 생각하지. 하지만 이제 우리는 알고 있단다. 뇌진탕이 너무 많이 일어나면 뇌가 실제로 변한다는 사실을 말이다."

배럿 박사가 말했다.

"너무 많다는 게 어느 정도를 말하는 건가요?"

엄마가 물었다.

　루카스는 숨을 멈추었다.

　"열한 살 남자아이의 경우, 2년 사이에 세 번이면 너무 많다고 말씀드릴 수 있습니다."

　방 안에 침묵이 흘렀다. 루카스는 사진 속 선수들이 모두 자신을 내려다보고 있는 것 같다고 생각했다.

　"1주 더 쉬어도 돼요."

루카스가 말했다. 그건 고문일 것이다. 그래도 첫 시합 때는 함께할 수 있을 것이다.

"루카스, 미안하지만 다시는 미식축구를 하지 말라고 권하고 싶구나."

배럿 박사가 말했다.

그날 밤, 루카스는 밤새도록 엄마 아빠에게 애원했다. 루카스에게는 배럿 박사의 말에 반대할 수많은 이유가 있었다. 그 이유를 하나하나 말해도 소용이 없자, 루카스는 2주 더 쉬겠다고, 아니 3주 더 쉬겠다고 말했다.

"제발 그만두게 하지는 말아 주세요!"

마침내 아빠가 루카스의 어깨에 손을 얹고 부드러운 목소리로 말했다.

"루카스, 미식축구는 그저 운동이야. 네가 미식축구를 좋아한다는 거 알아. 그래도 그건 그저 운동일 뿐이란다."

그저 운동일 뿐이다.

물론 루카스도 그걸 알았다. 하지만 그 운동은 루카스에게 가장 중요한 것이었다. 한 몸처럼 지내는 팀이 없으면, 루카스가 무엇을 할 수 있단 말인가?

　루카스는 침대에 누워 생각에 잠겼다. 자정이 넘어서야, 루카스는 무엇을 해야 하는지 깨달았다. 베니 아저씨를 찾아가야 했다. 엄마 아빠가 코치 선생님한테 미식축구를 그만두겠다고 이야기하기 전에……. 너무 늦기 전에…….

　다음 날 아침, 아빠는 일찍 집을 나섰다. 아빠는 맨해튼 인근에 있는 소방관 훈련 학교에서 소방관들을 훈련하고 있었다. 엄마가 출근하는 길에 루카스를 버스 정류장에 내려 주었다.

　엄마의 자동차가 멀리 사라지자마자, 루카스는 집으로 쏜살같이 달려갔다. 그러고는 자전거를 타고 있는 힘껏 기차역으로 달려갔다. 루카스는 가까스로 7시 17분 기차를 탔다.

　자신이 얼마나 잘못하고 있는지 잘 알았다. 학교에 가지 않고, 엄마 아빠한테 말하지 않고 시내에 가는 것 말이다. 하지만 그 모든 게 아무 문제도 되지 않았다. 루카스는 베니 아저씨를 만나야 했다. 아저씨가 이 일을 바로잡아 줄 것이다.

베니 아저씨

2001년 9월 11일 화요일 아침 8시 15분
뉴욕주 뉴욕시

루카스는 아빠와 함께 아빠가 일하는 소방서 래더 177에 자주 가 봤었다. 그래서 가는 길이 아주 훤하다. '펜 스테이션'까지 기차를 타고 가서, '캐널 스트리트'까지 지하철을 타고 가면 된다.

지하철역에서 나온 뒤, 루카스는 고개를 들어 쌍둥이 빌딩을 찾았다. 한눈에 하늘 높이 우뚝 솟은 은빛 건물 두 채, 세계 무역 센터가 보였다.

세계 무역 센터는 소방서에서 남쪽으로 조금 떨어진 곳에 있었다. 그러니까 소방서에 가려면 쌍둥이 빌딩을 따라 북쪽으로 쭉 가다가 오른쪽으로 가면 된다.

루카스는 길을 걸으며, 아빠와 함께 마지막으로 세계 무역 센터에 갔던 때를 떠올렸다. 전망대가 문을 열기도 전인 아주 이른 시간이었는데, 아빠가 뉴욕소방국(FDNY) 모자를 쓴 걸 보고는 경비 아저씨가 올려 보내 주었다.

전망대에는 루카스와 아빠, 단 둘만 있었다. 110층에서 보니, 마치 구름 위에서 맨해튼을 내려다보는 것 같았다. 둘 앞에 맨해튼 전체가 쭉 펼쳐져 있었다. 아래에 있는 건물들은 장난감처럼 보이고, 강은 실개천처럼 보이고, 자동차와 트럭은 루카스와 아빠가 지하실에서 만들었던 소방차 모형보다 더 작아 보였다. 루카스는 아빠와 단 둘이서 이 세상의 꼭대기에 서 있었다.

창고 화재 사고가 일어나기 얼마 전의 일이었다. 그로부터 2년도 채 지나지 않았지만, 루카스는 아주 오래전 일처럼 느껴졌다.

소방서에 도착해 보니, 차고 문이 열려 있었다. 그리고 시그레이브 소방차 바로 옆에 베니 아저씨가 있었다.

베니 아저씨는 고개를 들어 씩 웃어 보였다. 루카스가 소방차를 살짝 들여다보고 싶어 하는 동네 아이라고 생각한 게 분명했다. 하지만 이내 베니 아저씨는 루카스를 다시 바라보았다.

"이런, 루카스 아니니!"

베니 아저씨가 놀란 눈으로 환하게 미소 지으며 성큼성큼 걸어왔다. 그러고는 차고 안으로 루카스를 끌어당겼다.

디젤 연료와 땀이 뒤섞인 익숙한 냄새가 났다. 벽에는 커다란 검정색 장화 안에 바짓단을 미리 끼어 둔 검정색 방화복이 나란히 걸려 있었다. 루카스는 이 광경이 언제나 좋았다.

소방서 안은 복잡했다. 이제 막 일을 마친 아저씨들은 서로 작별 인사를 하고, 아침에 일을 시작한 아저씨들은 이제 막 자리를 잡고 앉았다.

아저씨들이 루카스를 힘차게 안아 주고, 머리를 쓰다듬고, 전보다 키가 훨씬 컸다고 말하며 아는 체를 했다.

"내가 조수를 얼마나 보고 싶어 했는데."

조지 아저씨가 말했다. 아저씨는 소방차를 운전하고, 요리를 거의 도맡아 하는 분이다. 아빠와 함께 소방서에 올 때 루카스가 가장 좋아하는 일은 조지 아저씨를 도와 토마토 소스를 만드는 것이었다. 조지 아저씨의 토마토 소스는 정말 맛있었다.

더글러스 대장이 다가왔다. 덥수룩한 회색 콧수염 아래로 미소가 피어올랐다.

그 뒤로 마크 아저씨가 따라왔다. 아저씨는 이 소방서에서 가장 젊은 소방관이다. 아저씨네 가족은 루카스네 집에서 그리 멀지 않은 곳에 산다. 여덟 살짜리 쌍둥이 사내아이들이 미식축구를 무척 좋아하는데, 마크 아저씨가 그 팀에서 코치를 맡고 있다. 몇 달 전에 쌍둥이가 마크 아저씨와 함께 루카스가 뛰는 경기를 보러 왔는데, 시합이 끝나고 나서 루카스에게 사인을 해 달라고 했다.

베니 아저씨가 주위를 둘러보며 물었다.

"아빠는 어디 계시니? 벌써 일 마치셨니?"

루카스는 고개를 저었다.

"엄마가 보낸 거니?"

베니 아저씨가 다시 물었다.

루카스는 고개를 한 번 더 저었다.

베니 아저씨가 루카스를 뚫어져라 바라보았다. 얼굴 가득하던 미소가 싹 가셨다.

"너, 괜찮아?"

베니 아저씨가 부드럽게 물었다.

루카스는 대답하지 않았다.

베니 아저씨는 조지 아저씨를 바라보았다. 눈이 마주친 조지 아저씨는 가만히 고개를 끄덕였다.

"내 일 좀 부탁해, 괜찮지? 잠시 뒤에 돌아올게."

베니 아저씨가 말했다.

베니 아저씨는 루카스를 데리고 밖으로 나갔다. 둘은 걷기 시작했다.

"날씨 진짜 끝내주네, 그렇지 않니?"

베니 아저씨가 눈을 가늘게 뜨고 눈부시게 푸르른 하늘을 올려다보며 물었다.

더 이상 아무도 말하지 않았다. 그러다 마침내 루카스가 입을 열었다.

"엄마 아빠가 미식축구를 그만두게 하려고 해요. 뇌진탕 때문에 말이에요."

루카스는 베니 아저씨의 얼굴을 바라보며, 아저씨가 화가 나서 눈썹이 일그러지고 뺨이 붉게 물들기를 기다렸다.

하지만 베니 아저씨는 그저 고개만 끄덕일 뿐이었다. 이윽고 아저씨가 루카스를 바라보았다.

"나도 네 걱정을 많이 했단다. 넌 머리가 엄청 좋아. 난 네가 가엾은 스탠 월시처럼 되기를 바라지 않아."

베니 아저씨가 말했다.

루카스의 머릿속에 갑자기 뭔가가 떠올랐다. 자신을 배럿 박사한테 데리고 가게 한 사람이 바로 베니 아저씨였다! 아저씨는 배럿 박사가 스탠 월시의 주치의였다는 걸 알고 있던 게 틀림없다.

루카스는 베니 아저씨가 자신을 도와줄 거라 생각해서 여기에 왔다. 그런데 아저씨가 바로 미식축구를 그만두게 만든 사람이었다니!

베니 아저씨는 걸음을 멈추고 루카스의 어깨에 손을 얹었다. 마치 루카스를 그 자리에 꼼짝 못하도록 하는 것 같았다. 안 그러면 루카스가 멀리 달아나기라도 할 것처럼. 베니 아저씨는 환한 눈빛으로 루카스를 쳐다보았다.

"넌 다른 뭔가를 찾게 될 거야."

베니 아저씨가 말했다.

'제가 미식축구 말고 뭘 할 수 있는데요?'

루카스는 묻고 싶었다. 하지만 미처 입을 떼기도 전에, 루카스의 어깨 뒤로 보이는 무언가가 베니 아저씨의 눈길을 사로잡았다. 루카스는 몸을 휙 돌렸다. 그리고 루카스도 그것을 보았다. 화창한 푸른 하늘에 은빛 물체가 살짝 번뜩였다.

어디선가 불쑥 거대한 비행기가 나타났다.

비행기는 아주 낮게 날고 있었다.

비행기가 이상하다!

아침 8시 46분

"저게 뭐……."

베니 아저씨가 말을 잇지 못했다.

아저씨와 루카스는 잠자코 서서 비행기가 굉음을 내며 하늘을 날아가는 모습을 지켜보았다. 엔진 소리가 엄청났다.

사람들도 모두 발걸음을 멈추고 하늘을 올려다보았다.

루카스는 비행기가 이렇게 낮게 나는 모습을 지금껏 본 적이 없었다. 이륙하거나 착륙할 때를 빼놓고 말이다.

비행기가 아주 뚜렷하게 보였다. 엔진은 날개 아래에 감추어져 있고, 창문에서 햇빛이 반사되었다. 꼬리에 적힌 글씨 'AA'도 분명하게 보였다.

아메리칸 에어라인의 비행기이다.

엔진이 요란한 소리를 냈다.

비행기에 뭔가 이상이 생긴 게 분명했다. 곧 건물에 충돌할 것 같았다.

루카스의 머릿속에 의문이 스치고 지나갔다.

계기판이 고장 났나? 조종사가 뭘 착각했나? 조종사가 갑자기 아픈가?

루카스는 비행 중에 심장 마비를 일으킨 조종사 이야기를 들은 적이 있었다. 하지만 그렇다고 해도 말이 안 되었다. 분명 부조종사가 있을 테니 말이다.

비행기가 줄곧 뉴욕 하늘을 낮게 날았는데 그동안 루카스만 눈치채지 못했던 걸까? 어쩌면 영화를 찍는 걸지도 몰랐다. 그래, 바로 그거야! 뉴욕에서 액션 영화를 찍고 있는 것이다. 그런데 카메라는 어디 있지? 비행기를 어떻게 찍고 있지?

뭔가 잘못되었다. 그리고 그건 누구나 알고 있었다. 사람들은 비행기가 하늘을 빠르게 가로지르는 광경에 놀라 꼼짝 않고 있었다.

비행기가 방향을 조금 틀었다. 한쪽 날개가 아래로 기울었다. 엔진에서 나는 묵직한 굉음은 날카로운 소리로 바뀌었다. 비행기는 이제 점점 더 빨리, 점점 더 낮게 날았다. 한쪽으로 기운 채 허공을 가르며 몇몇 건물의 꼭대기를 가까스로 스치고 지나갔다.

하지만 바로 그 앞에 다른 건물보다 훨씬 높은 건물 두 채

가 우뚝 서 있었다. 쌍둥이 빌딩이었다. 비행기는 쌍둥이 빌딩 하나를 향해 곧장 나아갔다.

'방향을 틀어! 멈추라고!'

루카스는 소리치고 싶었다.

하지만 비행기는 방향을 바꾸지 않았다. 그러고는 마치 칼처럼 빌딩 옆구리를 스윽 찔렀다.

아주 잠깐, 루카스는 비행기가 빌딩의 반대쪽으로 다시 나타나기를, 마치 아무 일 없었다는 듯 계속 날기를 기다렸다.

하지만 그때,

쾅!

불긋하고 거무스름한 거대한 불덩이가 건물에서 터져 나왔다.

루카스는 겁에 질려 후다닥 뒤로 물러섰다. 사방에서 사람들이 비명을 질러 댔다. 불타는 듯한 시커먼 연기가 갈라진 벽 틈 사이로 쏟아져 나오며 하늘로 솟구쳤다.

루카스는 고개를 돌렸다. 더 이상 보고 있을 수가 없었다. 대신 베니 아저씨를 바라보았다. 아저씨는 이미 휴대 전화에 대고 소리치고 있었다.

"비상사태! 비행기 한 대가 세계 무역 센터에 부딪혔다! 10-60 상황이다……. 그래, 10-60 상황이다!"

10-60은 상황이 가장 안 좋을 때 보내는 경보였다.

그때 루카스의 머릿속에 번뜩 생각이 스쳤다. 빌딩에는 수천 명의 사람들이 갇혀 있을 것이다. 아무리 위험해도, 아빠와 베니 아저씨를 비롯한 모든 소방관들은 그 사람들을 구하기 위해 달려갈 것이다.

비상사태

"북쪽 빌딩 같다!"

베니 아저씨가 루카스와 함께 소방서로 뛰어가면서 휴대 전화에 대고 다급하게 말했다.

"북쪽 빌딩……. 아니, 소형 비행기가 아니야. 여객기였어. 커다란 여객기. 그래, 확실해."

베니 아저씨의 목소리가 점점 커졌다.

"두 눈으로 똑똑히 봤다니까!"

루카스는 계속 뒤를 흘끗흘끗 돌아보았다. 쌍둥이 빌딩이 마법처럼 원래대로 돌아오기를 바라면서. 하지만 돌아볼 때마다 검은 연기는 점점 더 심하게 피어올랐다. 그 사이에 사

이렌 소리가 하늘을 가득 메웠다.

"준비해. 우리가 가지고 있는 장비 모두 필요할 거야. 불이 난 층이 적어도 10개는 될걸?"

10개 층에서 불이 났다니…….

쌍둥이 빌딩은 한 층이 미식축구장 크기만 하다고, 아빠가 말했었다. 루카스는 미식축구장 10개가 모두 불타고 있는 모습을 상상해 보려 했다.

불을 끄려면 얼마나 많은 소방관이 있어야 할까? 게다가 400미터 높이에서 불이 난 것이라면? 쌍둥이 빌딩은 그 정도로 엄청 높았다.

루카스는 많은 소방관들이 왜 높은 건물을 싫어하는지 잘 알고 있었다. 불이 나면 엘리베이터는 너무 위험해서 이용하기 힘들다. 갑작스레 작동이 멈추고 연기로 가득 찰 수 있기 때문이다. 그래서 높은 건물에서 불이 나면, 소방관들은 무거운 호스와 20킬로그램이 넘는 장비를 질질 끌고 끝없이 이어진 계단을 올라가야 했다.

소방관 한 명이 한 층을 걸어 올라가는 데 2분이 걸린다고,

조지 아저씨가 말했었다. 루카스는 쌍둥이 빌딩을 돌아보았다. 불길이 치솟는 곳은 꼭대기 근처였다. 어쩌면 80층, 아니면 90층일지도 모른다. 소방관들이 그곳에 도착하려면 2시간도 넘게 걸릴 것이다. 빌딩에 갇힌 사람들이 그렇게 오랫동안 기다릴 수 있을까?

루카스와 베니 아저씨가 소방서로 돌아와 보니, 소방차는 이미 차고 밖으로 나와 있었다. 조지 아저씨가 운전석에 앉아 있고, 일을 막 마친 소방관이나 일을 막 시작하려는 소방관들 모두 소방차에 올라타 있었다.

베니 아저씨는 안으로 달려가 자신의 방화복과 헬멧을 움켜잡았다. 루카스도 그 뒤를 따랐다.

"베니 아저씨, 어떻게 하실 건데요?"

루카스가 물었다.

베니 아저씨는 방화복 바지와 장화 안으로 발을 밀어 넣으며 대답했다.

"우리가 늘 하던 일을 해야지."

아저씨는 잠시 루카스의 머리에 손을 얹고는 소방차로 달려갔다.

더글라스 대장이 소방차 안에서 루카스에게 소리쳤다.

"네 아빠는 현장으로 가고 있단다. 넌 여기에 꼼짝 말고 앉아 있거라!"

"우리를 위해 이곳을 부탁한다, 친구."

베니 아저씨가 말했다.

소방차가 사이렌을 요란하게 울리며 서둘러 출발했다. 차고 문은 닫혔다.

루카스는 충격에 휩싸인 채 그곳에 서 있었다. 혼자였다. 루카스는 전화기로 달려가 엄마한테 전화를 걸었다. 엄마는 전화를 받지 않았다. 루카스는 목소리를 떨지 않으려 애쓰며 메시지를 남겼다. 자신은 소방서에 있으며, 무사하다고. 전화해 달라고 말이다.

루카스는 전화를 끊고 가만히 서 있었다. 혼란스러웠다.

베니 아저씨가 머릿속에서 속삭였다.

'우리가 늘 하던 일을 해야지.'

소방관들이 늘 하는 일……. 불과 싸우고, 사람들의 생명을 구하는 일…….

그래, 아저씨들은 지금 바로 그 일을 하고 있다.

뉴욕소방국은 규모가 엄청 크다. 거기에서 일하는 소방관들은 최고이다. 그리고 늘 하던 일을 할 것이다.

두 번째 비행기

아침 9시

아빠가 루카스에게 이렇게 말한 적이 있다. 자신이 불 끄는 일을 좋아하는 가장 큰 이유는 각자 할 일이 있어서라고.
"힘을 합치지 않으면 불을 끌 수 없지."
루카스는 소방서 안을 둘러보았다. 그리고 자신에게 할 일이 있다는 것을 깨달았다. 아저씨들에게 도움이 될 만한 일 말이다.
루카스는 부엌으로 들어갔다. 식탁 위에는 반쯤 먹다 남은 베이컨과 달걀이 담긴 접시가 수북이 쌓여 있었다. 개수대는 설거지거리로 넘쳐났다. 루카스는 식탁에서 접시와 잔을 치웠다.

화재경보기가 계속해서 꽥꽥 요란한 소리를 냈고, 상황실에서는 새로운 경보를 내보냈다.

"모든 대원들은 세계 무역 센터 앞으로 즉시 집결하기 바란다……."

텔레비전에서는 빌딩이 불타고 있는 모습이 나왔다. 루카스는 상황실에서 흘러나오는 목소리 너머로 텔레비전 소리를 들을 수 있도록 팔을 뻗어 소리를 높였다.

"시청자 여러분, 이제 막 텔레비전을 켜셨다면 여러분은 지금 믿기지 않는 광경을 보고 계실 겁니다. 몇 분 전에, 비행기 한 대가 뉴욕 세계 무역 센터 중 북쪽 빌딩에 충돌했습니다. 어떤 비행기인지, 아직까지 아무런 공식적인 정보도 들어오지 않았습니다. 하지만 목격자들의 말에 따르면, 여객기였다고 합니다."

텔레비전에서 남자 목소리가 흘러나왔다.

무카스는 커다란 무쇠 냄비를 들어 올려 박박 닦았다.

뉴스를 진행하는 남자는 계속 말을 이었다.

"쌍둥이 빌딩은 1970년에 지어졌습니다. 각각 110층 높이

이고, 한때는 세계에서 가장 높은 빌딩이기도 했습니다. 지금 그곳에 소방관 수백 명이 출동해 있습니다. 도움이 필요한 사람들을 구하기 위해 소방관들이 빌딩에 들어가 계단을 올라가고 있다는 소식입니다. 정말 믿기지 않는 광경입니다."

이제 연기는 더 심하게 피어올라, 푸른 하늘을 얼룩덜룩한 갈색으로 덧칠하고 있었다. 연기 중간 중간에 하얀 점들이 떠다니고 있었는데, 마치 색종이 조각 같았다.

'종이구나.'

루카스는 깨달았다. 수백만 장의 종이가 빌딩 창문 사이로 뿜어져 나왔다.

뉴스 진행자는 계속해서 쌍둥이 빌딩에 대한 이야기를 이어 갔다. 빌딩을 짓는 데 4년이 걸렸고, 빌딩이 시속 225킬로미터의 바람도 견딜 수 있으며, 그곳에서 5만 명이 일하고 있다고 했다.

진행자의 목소리는 차분했다. 마치 역사 수업을 하는 교사 같았다.

루카스는 무거운 냄비를 싱크대 위의 고리에 걸려고 팔을 쭉 뻗었다.

그때 갑자기 진행자가 숨을 헐떡였다.

"아, 이런! 저건 뭐지요? 또 다른 폭발입니다! 시청자 여러분…… 두 번째 비행기로 보입니다……. 네, 또 다른 여객기입니다. 방금 전에 그 여객기가 두 번째 빌딩에 충돌했습니다."

무거운 냄비가 루카스의 손에서 빠져나가 개수대 안으로 떨어졌다. 접시와 유리 그릇이 산삭조각 나 버렸다. 하지만 루카스는 알아차리지 못했다. 텔레비전 화면에서 눈을 뗄 수 없었기 때문이다.

"시청자 여러분, 방금 전 광경을 다시 한 번 보여 드리겠습니다……."

진행자가 떨리는 목소리로 다시 말했다.

화면이 재빨리 넘어가더니, 북쪽 빌딩이 불타는 모습이 나왔다. 그러고 나서 갑자기 화면 왼쪽에서 또 다른 비행기가 나타났다. 첫 번째 비행기와 마찬가지로 커다란 여객기였다. 비행기는 눈 깜짝할 사이에 또 다른 빌딩에 쾅 부딪히며 폭발했고, 곧 빌딩은 불덩어리에 휩싸였다.

빌딩 사방에서 세찬 불꽃이 뒤섞인 시커먼 연기가 뿜어져 나왔다. 이제 뭉게뭉게 피어오르는 시커먼 연기 구름이 두 개가 되었다.

루카스는 심장이 방망이질 쳤다. 숨 쉬기조차 힘들었다.

텔레비전 화면이 다른 사람들을 비추었다.

"아, 이런…… 이런…… 저건 마치……."

어떤 여자가 말했다.

"우리가 방금 전에 뭘 본 거야?"

또 다른 누군가가 말했다.

"시청자 여러분, 우리는 조금 전에 끔찍한 광경을 목격했습니다. 두 번째 비행기가 또 다른 빌딩인 남쪽 빌딩을 들이받았고, 그곳에 엄청난 폭발이 일어났습니다."

뉴스 진행자가 말했다.

"분명 컴퓨터에 문제가 있었던 것 같습니다. 항공 통제 시스템에 오류가 있었던 게 아닐까요?"

여자가 말했다.

진행자가 뒤이어 하는 말에 루카스는 온몸이 떨렸다.

"사고처럼 보이지 않습니다. 비행기가 일부러 빌딩을 향해 날아간 것처럼 보입니다. 제 생각에는 누군가 공격을 한 것 같습니다."

남쪽으로

루카스는 엄마한테 다시 전화를 해 보았다. 통화 중 신호가 들리더니 곧이어 안내 목소리가 흘러나왔다.

"전화가 연결되지 않습니다. 다시 걸어 주시기 바랍니다."

루카스는 아빠의 휴대 전화로도 전화를 걸어 보았다. 마찬가지였다. 루카스는 엄마 아빠의 전화번호를 누르고 또 눌러 보았다. 하지만 들리는 거라고는 통화 중 신호뿐이었다.

소방국의 무전기가 찍찍거렸다.

"소환한다, 소환한다. 모든 대원들은, 근무 중이든 비번이든, 대답하라. 반복한다. 비상사태이므로 모두 근무 태세를 갖추도록……."

뉴욕소방국에는 소방관이 1만 1천 명이나 있었다. 그런데 그 소방관들이 한 명도 빠짐없이 모두 다 필요했다.

루카스는 자기도 모르게 거리로 달려 나갔다. 혼자 텔레비전으로 이 세상이 무너져 내리는 모습을 지켜볼 수는 없었다. 아빠를 찾아야 했다. 베니 아저씨와 다른 소방관들도 찾아야 했다. 루카스는 소방관들과 함께 있고 싶었다.

루카스는 자신이 슬기롭지 않게 생각한다는 걸 알았다. 소방관들이 있는 곳에 가까이 갈 수 있을지, 가까이 가는 게 안전할지, 루카스는 알지 못했다. 하지만 어쨌든 길을 나섰다.

누군가 공격을 한 것 같습니다…….

누군가 공격을 한 것 같습니다…….

뉴스 진행자가 한 말이 맞을까? 그런데 그 말이 무슨 뜻일까? 누가 공격을 했을까? 비행기가 일부러 빌딩에 충돌했다는 말일까?

첫 번째 비행기가 빌딩에 부딪히는 모습을 보았을 때는 그런 생각이 들지 않았다. 하지만 돌이켜 생각해 보니, 뉴스 신행자가 한 말은 당연했다. 정말이지 너무나도 화창한 날이었다. 빌딩을 목표로 한 게 아니었다면, 비행기 두 대가 빌딩에 부딪힐 이유가 없었다.

하지만 도대체 누가 그런 미친 짓을 한단 말인가? 비행기로 세계 무역 센터를 공격한다는 끔찍한 생각을 누가 할 수 있느냔 말이다.

루카스는 얼굴 위로 흘러내리는 눈물을 쓰윽 닦아 냈다.

루카스는 길을 가득 메운 사람들을 헤치고 나아갔다. 북쪽으로 달려가는 사람들도 있었다. 하지만 사람들 대부분은 엄청난 충격을 받은 얼굴로 멍하니 서서, 머리 위로 치솟은 불길을 바라보고 있었다.

들리는 소리라고는 수백 개의 사이렌 소리밖에 없었다. 빵빵 경적을 울리며 쌩쌩 내달리고, 시끄럽게 울부짖었다. 이 모든 소리가 한꺼번에 끔찍하게 울려 퍼졌다.

사람들이 길 한가운데에 있는 무언가를 둘러싸고 모여 있었다. 루카스도 걸음을 멈추고 바라보았다. 그것은 쇠붙이 조각이 붙어 있는 커다란 타이어였다. 자동차나 트럭에 달려 있는 타이어로는 보이지 않았다.

"저게 뭐지?"

어떤 여자가 물었다.

"비행기에서 떨어져 나온 거야. 이착륙 장치 같아."

어떤 남자가 대답했다.

루카스는 타이어에서 눈길을 거두었다. 그러고는 사람들을 헤치고 남쪽으로 향했다. 소방관들이 모이는 세계 무역 센터 앞으로.

만약 아빠가 소방관 훈련 학교에서 그곳으로 왔다면, 루카스는 아빠를 만날 수 있을 것이다. 루카스는 시그레이브 소방차를 찾아, 그 앞에서 아빠를 기다릴 것이다.

루카스는 모여 있는 사람들을 뚫고 조금씩 움직였다. 사람들 대부분은 가만히 서서 쌍둥이 빌딩이 불타는 모습을 지켜보고 있었다.

쌍둥이 빌딩 쪽에서 점점 더 많은 사람들이 몰려왔다. 몇몇은 옷이 갈기갈기 찢긴 채 땀으로 흠뻑 젖어 있었다. 놀라고 겁에 질린 얼굴은 그들이 어디에서 오는지 말해 주었다. 바로 쌍둥이 빌딩 안에서 급히 빠져나온 사람들이었다.

사람들은 수십 명이나 되었다. 몇몇은 혼자 걷고, 몇몇은 서로 손을 잡고 있었다. 맨발로 걸어오는 여자도 있었다. 루카스는 뾰족한 구두 굽이 계단 가장자리에 부딪혔을 거라 생각했다.

지갑이나 가방을 든 사람은 아무도 없었다. 루카스는 그 이유를 잘 알았다. 루카스는 불이 나거나 폭발이 일거나 건물이 무너졌을 때 살아남은 사람들에 대한 이야기를 많이 들어 왔다. 사고가 나면 한순간도 망설이지 말고 밖으로 빠져나와야 한다. 만약 뭔가를 위해 멈추었다면, 지갑이나 넥타이나 신발을 집어 들려고 했다면, 살아나오지 못했을 것이다.

경찰관 한 명이 사람들이 남쪽으로 못 가게 막았다.

"모두 이 지역을 빨리 벗어나세요! 이곳은 안전하지 않습니다. 빨리 이곳을 벗어나 북쪽으로 가세요!"

경찰관이 소리쳤다.

하지만 루카스는 남쪽으로 계속 걸어갔다. 아무도 루카스를 막으려 하지 않았다. 루카스가 보이지 않는 것 같았.

래더 177은 쌍둥이 빌딩에 도착한 첫 번째 소방대였을 것이다. 쌍둥이 빌딩에서 가장 가깝기 때문이다.

루카스가 세계 무역 센터 앞에 채 다다르기 전에, 갑자기 누군가 루카스의 어깨에 손을 얹었다.

"애야, 어디 가니? 길 잃었니?"

젊은 경찰관이 물었다.

"저기……."

루카스가 말을 마치기도 전에, 누군가 자신의 이름을 외치는 소리가 들려왔다.

"루카스!"

루카스의 이름이 요란한 사이렌 소리를 뚫고 나왔다.

"아빠!"

루카스의 아빠가 사람들을 헤치고 나왔다.

아빠는 루카스를 꽉 안아 주었다. 잠시 동안, 루카스의 귀에는 사이렌 소리가 들리지 않았다. 들리는 거라고는 요동치는 아빠의 심장 소리뿐이었다.

아빠와 함께

아침 9시 50분

아빠는 첫 번째 비행기가 쌍둥이 빌딩에 부딪혔다는 소식을 듣자마자 차로 맨해튼까지 달려왔다고 했다.

"난 현장에 곧장 가려고 했어. 하지만 네가 소방서에 있다는 메시지를 받았어. 그래서 소방서에 먼저 갔지. 대장이 네가 날 기다릴 거라고 했거든."

아빠가 말했다.

"죄송해요. 거기 남아 있을 수가 없었어요……. 저는……."

루카스가 말했다.

아빠가 루카스의 말을 멈추려고 손을 들어 올렸다.

이야기할 시간이 없었다. 루카스는 그날 아침 이전에 일어난 일은 그 어떤 것도 더 이상 중요하지 않다고 생각했다. 지금은 아니었다. 어쩌면 앞으로도 아닐지 몰랐다.

"동료들을 찾아야 해. 소방차에서 내 장비를 꺼내야 하고. 그리고 나서 너를 소방서로 데려다줄 사람을 찾아볼게."

아빠가 발걸음을 서두르며 말했다.

루카스는 소방서로 돌아가고 싶지 않았다. 하지만 아빠 말에 토를 달지는 않았다.

"불을 끌 수 있을 것 같지 않아. 지금은 구조가 급해. 사람들을 모두 건물 밖으로 대피시켜야 해."

아빠가 말했다.

아빠의 무전기가 찍찍거렸다. 낮게 깔린 목소리가 잡음과 뒤섞여 흘러나왔다. 아빠는 지시 사항을 알아들으려고 계속 주파수를 맞추었다.

"이런, 아무하고도 연결이 안 돼. 무전기가 제대로 작동하지 않아. 이제 사람들은 완전히 갇혔어. 아무도 빌딩 안에 있는 사람들한테 다가갈 수가 없어."

아빠가 나지막하게 욕을 내뱉었다.

루카스와 아빠는 트럭 한 대를 지나쳤다. 트럭 뒷부분은 완전히 부서졌고, 그 뒤에는 연기가 아직도 피어오르고 있는 비행기 엔진이 있었다. 운전석 문은 열려 있었다. 비행기 엔진이 떨어졌을 때, 누군가 차 안에 있다 빠져나온 게 분명했다.

"운이 좋군."

아빠가 루카스를 가까이 잡아끌며 말했다. 트럭이 조금만 더 느리게 달렸다면 운전석까지 완전히 부서졌을 것이다.

사람들이 보도 위에 앉아 의료진에게 치료를 받고 있었다. 몇몇은 상태가 심각해 보였다. 루카스는 앞만 바라보려고 애썼다.

할머니 한 명이 아빠에게 비틀비틀 걸어왔다. 흰머리는 땀범벅이었다. 얼굴은 붉게 달아올라 있었고, 눈 밑에는 검은 줄이 있었다. 할머니는 손을 가슴에 얹은 채 가까스로 숨을 쉬고 있었다.

"저 좀 도와주실래요? 심장이……. 계단으로 걸어 내려왔어요……. 내 친구들이…… 친구들이 어디에 있는지 모르겠어요……. 연기가 너무 심해서…….”

할머니가 숨을 헐떡이며 말했다.

루카스는 아빠가 걸음을 멈추고 싶어 하지 않는다는 걸 알았다. 아빠는 얼른 동료들을 찾고 싶어 했다.

"알겠습니다. 걱정 마세요. 필요한 게 있으면 가져다 드릴게요."

아빠가 나지막하고 부드러운 목소리로 대답했다. 그러고는 루카스를 향해 돌아서며, 저만치 떨어져 있는 구급차를 가리켰다.

"저기에 가서 의료진한테 도와달라고 할래?"

루카스는 얼른 달려가 의료진한테 말했다. 그러고는 서둘러 돌아와 아빠와 할머니 곁에 앉았다.

아빠는 계속해서 할머니한테 말을 걸며 의료진이 오기를 기다렸다. 아빠는 자신을 소개한 다음, 할머니의 이름과 가족에 대해 물었다. 할머니가 아빠의 팔을 너무 꽉 잡아서 손톱이 아빠의 피부를 파고들었다. 하지만 아빠는 조금도 움직이지 않았다. 아빠는 할머니를 진정시키려고 계속 말을 걸었다. 한 번도 본 적 없고, 앞으로도 분명 볼 일이 없을 것 같은 사람한테 말이다.

조금 뒤 의료진이 왔다. 의료진은 할머니를 들것에 실어 구급차로 데려갔다.

루카스는 아빠와 함께 다시 아빠의 동료들을 찾아 나섰다. 그런데 갑작스레 깊게 으르렁거리는 소리가 들려왔다. 땅이 마구 흔들렸다.

아빠가 문득 발걸음을 멈추더니 주변을 살펴보았다. 아빠의 눈이 위로 향했다. 아빠는 놀라서 루카스의 팔을 잡고 소리쳤다.

"뛰어!"

루카스는 무슨 일인지 알 수 없었다.

그때 갑자기 지금껏 들어본 적 없는 엄청난 굉음이 들려왔다. 수백 대의 화물열차가 지나가는 것보다 더 시끄러운 소리였다. 그 모든 사이렌 소리보다도 더 요란했다.

"무슨 소리예요?"

루카스가 소리쳤다. 공포로 목소리가 덜덜 떨렸다.

아빠는 루카스를 잡아당기며, 주변에 있는 사람들을 향해 소리쳤다.

"도망치세요! 얼른 도망쳐요!"

아빠는 계속 어깨 너머로 돌아보면서, 루카스가 더 빨리 움직이도록 세게 잡아끌었다.

온 힘을 다해 달리던 둘은 편의점을 발견했다. 아빠가 편의점 문을 활짝 열었다. 아빠는 루카스를 편의점 안으로 밀어 넣고는 뒤에 있는 사람들한테 소리쳤다.

"이 안으로! 서둘러요! 서둘러요!"

하지만 단지 몇 사람만 따라왔을 뿐이다. 아빠는 문을 쾅 닫았다.

"모두 몸을 숙이세요! 머리를 감싸세요!"

루카스는 얼른 바닥에 엎드렸다. 그러고 나서…….

와장창창!

유리창이 산산조각 나는 소리와 함께 뜨거운 바람이 엄청나게 회오리쳤다.

몇 분이 흘렀다. 루카스는 눈을 꼭 감고 귀를 막았다. 입과

코에 모래와 먼지가 가득 찼다. 숨 쉬기조차 힘들었다. 무슨 일이 일어나고 있는지 몰랐다면, 루카스는 자신이 펄펄 끓는 뜨거운 토네이도 한가운데에 있다고 착각했을 것이다.

그때 갑자기 시끄러운 소리와 바람이 멈추었다.

침묵이 흘렀다.

루카스는 눈을 떴다. 하지만 아무것도 보이지 않았다. 사방이 온통 칠흑 같은 어둠뿐이었다.

한참 동안 루카스는 세상이 끝난 게 틀림없다고 생각했다. 자신이 지구에 살아남은 유일한 사람이라고······.

먼지가 되어

침묵을 깬 것은 아빠 목소리였다.

"루카스!"

아빠가 소리쳐 불렀다.

"아빠!"

루카스가 먼지를 뱉어 내면서 가까스로 대답했다.

"다친 사람 없습니까?"

아빠가 외쳤다.

사람들이 콜록콜록 기침을 하고, 코를 킁킁거렸다. 하지만 심하게 다친 사람은 없는 것 같았다.

사방이 먼지투성이였다. 루카스는 온몸에 먼지를 뒤집어

썼다. 코 안에도, 이 사이에도, 혀에도, 목구멍 안쪽에도 먼지가 붙어 있었다. 흔한 먼지처럼 보이지 않았다. 들쑥날쑥한 알갱이도 있었다. 갈아서 까칠까칠한 유리 조각 같은 것 말이다. 루카스가 먼지를 털어 내려 하자, 살갗이 따끔거렸다.

"제가 손전등을 켤 테니 빛을 따라 이리로 오세요. 함께 모여 있어야 합니다. 우리 모두 무사할 겁니다."

아빠가 차분하고 조용한 목소리로 말했다.

곧이어 찰칵하는 소리가 들리더니 작은 불빛이 보였다. 노랗고 둥근 불빛은 꼭 안개 자욱한 밤에 떠 있는 달빛 같았다. 공기 중에는 둥둥 떠다니는 흰색 먼지가 자욱했다. 루카스의 눈에는 모두가 스노 글로브(투명 공 안에 눈가루와 인형 등을 넣어, 흔들면 눈이 내리는 것 같은 풍경을 만드는 장난감) 안에 갇힌 것처럼 보였다.

편의점 안에는 루카스와 아빠 말고도 네 명이 더 있었다. 여자 둘, 남자 둘이었다. 그중 어려 보이는 남자가 계산대 뒤에서 나왔다. 이곳에서 일하는 사람이었다.

아빠는 모두에게 이름을 물어 보았다.

"각자 천 조각으로 입을 가리세요. 이 먼지를 들이마시는 건 좋지 않아요."

편의점에서 일하는 '리'라는 남자는 모두에게 커다란 물병과 두루마리 종이 타월을 나누어 주었다. 사람들은 모두 입 안을 헹구었다. 아빠는 종이 타월을 물에 흠뻑 적시고는 조심스럽게 루카스의 눈과 얼굴을 닦아 주었다. 그러고는 다른 사람들도 도와주었다.

가장 어려 보이는 여자아이 캐서린은 울고 있었다.

"뭐였어요? 또 다른 비행기였나요? 누군가 다른 비행기가 있다고 말했어요."

캐서린이 훌쩍이며 말하자, 사람들이 달래 주었다.

"아니, 빌딩 꼭대기가 무너져 내린 게 분명해."

아빠가 대답했다.

문이 꼼짝하지 않았다. 아빠는 문틀에 붙어 있는 깨진 유리를 발로 찼다. 그러고는 가장 먼저 문 밖으로 빠져나간 다음, 모두 편의점 밖으로 빠져나갈 수 있도록 도와주었다. 아빠는 사람들한테 빨리 움직이라고 말했다. 네 명은 서로 손을 잡고 걷기 시작했다.

하지만 아빠는 편의점 밖으로 나가자마자 발걸음을 멈추었다. 루카스의 어깨를 꽉 움켜쥔 채, 사방에 펼쳐진 파괴 현장을 찬찬히 바라보았다. 남쪽은 훨씬 더 상황이 안 좋은 것 같았다. 어렴풋하기는 했지만, 먼지 안개 사이로 구불구불 휜 강철 빔과 커다란 콘크리트 덩어리들이 거리를 가득 메우고 있는 것이 보였다.

자동차들은 불타고 있었다. 소방차와 구급차도 박살이 났다. 사이렌 소리가 희미하게 울렸다. 마치 소방차가 도와달라고 울부짖는 것 같았다.

사방에서 사람들이 창문과 문 밖으로 기어 나왔다. 모두 하얀 먼지를 뒤집어쓰고 있었다.

루카스는 작년에 읽었던, 제2차 세계대전에 대한 책을 떠올렸다. 책에는 폭탄을 맞아 완전히 불타 버린 도시의 사진들이 실려 있었다. 지금 이 광경을 보고 있자니 전쟁이 떠올랐다.

아빠는 남쪽을 뚫어져라 바라보고 있었다. 마치 뭔가를 찾으려는 것 같았다.

"사라졌어."

아빠가 나지막한 목소리로 말했다. 루카스만 겨우 들을 수 있을 정도였다.

"뭐가요?"

루카스가 물었다.

"쌍둥이 빌딩 하나. 빌딩 하나가 완전히 무너져 버렸어."

주변에 널린 그 어느 것도 110층 빌딩에서 떨어져 나온 조각처럼 보이지 않았다. 커다란 유리와 철, 부서진 사무실 가구와 컴퓨터, 전선과 파이프는 모두 어디에 있단 말인가?

"무너진 빌딩은 어디 있어요?"

루카스가 물었다.

주변에는 먼지 말고는 아무것도 없었다.

"우리 주변에 있어."

아빠가 대답했다.

그제야 루카스는 깨달았다. 먼지가 바로 빌딩이었다는 것을. 110층짜리 빌딩 하나가 이제 먼시가 되어 버린 것이다.

루카스는 얼마나 많은 사람들이 아직도 빌딩 안에 있을지 생각하지 않으려 했다. 그곳에서 일하는 사람들, 그곳으로 달려간 수백 명의 소방관과 경찰과 의료진……. 조지 아저씨와 마크 아저씨, 그리고 베니 아저씨도.

루카스는 빌딩이 무너져 내렸을 때 그 안에 있었을 사람들을 생각하지 않으려 했다.

아빠가 그곳에 있었을지도 모른다. 만약 소방서로 루카스를 찾으러 오지 않았다면 말이다.

아빠가 루카스의 손을 꼭 쥐며 말했다.

"어서! 빨리 움직여야 해."

빌딩 하나가 무너졌다면, 다른 빌딩 또한 무너져 내릴지도 모른다.

둘은 서둘러 북쪽을 향해 걷기 시작했다.

한참을 걷다 보니, 먼지가 차츰 가라앉았다. 갑자기 세상이 다시 환해졌다. 하지만 그건 중요하지 않았다. 얼마나 멀리까지 걸었는지, 또는 얼마나 많은 시간이 걸렸는지는 중요하지 않았다. 이제 다시는 그 어떤 것도 예전과 똑같지 않을 것이다.

다시 운동장으로

2001년 11월 4일 일요일 낮 2시 15분

공기는 서늘하고 시원했다. 루카스는 운동장 가장자리에 서 있었다.

운동장은 관중의 환호성, 주심의 호루라기 소리, 매점 앞에서 술래잡기하는 꼬마아이들의 웃음소리로 가득 찼다.

엄마 아빠는 관중석에 서서 루카스한테 손을 흔들었다. 루카스도 손을 흔들어 보였다.

선수 한 명이 물을 마시러 운동장에서 빠져나왔다.

"루카스 형!"

마크 아저씨의 쌍둥이 아들 중 하나인 세임스였다. 루카스는 이제야 둘을 구별할 수 있다.

"안녕, 친구! 축구 잘하는데!"

루카스가 말했다.

제임스는 얼굴을 뒤덮은 마스크 사이로 미소를 지었다.

루카스가 손을 내밀자, 제임스는 손을 들어 올려 멋지게 손바닥을 마주쳤다. 그러고는 다시 운동장으로 달려 들어갔다.

루카스는 제임스가 자신의 눈에 고인 눈물을 보지 않기 바라며 돌아섰다. 그리고 곧 마음을 가다듬었다.

루카스는 점점 더 잘 해내고 있었다. 게다가 오늘은 힘든 날이 되리라는 걸 루카스도 잘 알고 있었다.

이번 경기는 마크 아저씨의 장례식이 있고 나서 첫 번째 경기였다. 관중석에는 래더 177 소속 소방관과 그 가족들로 가득 찼다. 모두 마크 아저씨의 아이들을 응원하고 있었다.

루카스는 새 코치를 도와주고 있었다.

관중석에서 몇몇 아이들이 루카스를 연이어 소리쳐 불렀다. 포트 잭슨 재규어 팀 선수 절반도 거기에 와 있었다. 루카스는 더 이상 그 팀에서 뛰지 않지만 말이다.

그래도 루카스는 미식축구를 잃지 않았다. 친구들도 잃지 않았다.

루카스는 깊게 숨을 들이마셨다.

그래, 힘든 날이 될 거다. 하지만 좋은 날이 될 거다.

아빠는 루카스에게 시간이 지나면 점점 익숙해질 거라고 말해 주었다.

하지만 루카스는 익숙해지지 않았다. 지금과 같은 순간은 별로 없었다. 루카스는 슬픔에 푹 파묻혀 있었다. 9월 그날의 공포에 빠져 있었다. 비행기와 쌍둥이 빌딩 안에서 죽은 수천 명의 사람들 또는 공격을 계획한 사람들의 얼굴을 생각했다.

가장 끔찍한 기억은 루카스가 아빠와 함께 먼지 구덩이에서 탈출하고 나서, 마침내 소방서에 도착했을 때였다. 시간이 지날수록 새로운 공포가 일었다. 결국 나머지 빌딩도 무너져 내렸고, 또 다른 비행기가 워싱턴 DC에 있는 국방부 건물에 추락했으며, 또 다른 비행기가 국회 의사당이나 백악관을 향하다가 펜실베이니아에 추락했다고 했다.

마크 아저씨에 대해 알게 된 순간도 있었다.

그리고 조지 아저씨와 대장 아저씨도.

다른 소방관들은 한 명씩 한 명씩 무사히 돌아왔다. 먼지와 재로 범벅이 된 채로……. 몇몇은 피를 흘리고 있었다.

그날 오후까지, 단 한 명만 실종 상태였다.

베니 아저씨였다.

소방관 아저씨들은 베니 아저씨가 북쪽 빌딩으로 달려 올라가는 모습을 보았다고 했다. 불길이 치솟는 곳으로 올라가, 힘 닿는 데까지 사람들을 구조하기 위해서…….

루카스는 베니 아저씨 이야기를 할 때 아저씨들의 눈빛에서 불길한 기운을 느꼈다. 하지만 루카스는 소방서 바닥에 앉아 문에서 눈을 떼지 않았다.

기다리고 또 기다렸다. 그리고 기도했다.

아빠도 루카스와 함께 있었다. 루카스와 아빠가 함께 있었다는 것은 그날 딱 하나 좋은 일이었다. 둘은 손을 꼭 잡은 채 먼지를 뚫고 걸어 나와 앞으로 계속 나아갔다.

지난주에 아빠는 시그레이브 소방차 모형을 지하실에서 가지고 올라왔다. 진짜 소방차는 망가졌다. 그래서 아빠는 루카스와 함께 모형을 완성해서 소방서로 가져가고 싶어 했다.

잠 못 드는 밤이면 둘은 함께 모형을 만들었다. 때로는 엄마도 함께 앉아 있곤 했다. 이제 색만 칠하면 된다.

경기가 끝나갈 즈음, 동점이 되었다. 작전을 짜기 위해 상대 팀이 경기를 중지시켰다.

선수들이 코치에게 달려갔다. 코치는 지팡이를 짚은 채 서 있었다. 왼쪽 팔에 삼각건을 했는데, 토끼풀 그림이 깁스 밖으로 삐죽 튀어나와 보였다.

베니 아저씨였다.

"여기에 대단한 챔피언이 있네!"

베니 아저씨가 엄청 큰 소리로 말하고는 루카스에게 윙크를 했다.

그렇다, 베니 아저씨는 탈출에 성공했다. 아저씨는 북쪽 빌딩이 무너져 내리기 직전에 다친 사람을 등에 들쳐 메고서 계단으로 내려왔다. 아저씨는 그 남자와 함께 트럭 밑으로 몸을 피했고, 가까스로 목숨을 건졌다.

베니 아저씨가 트럭 밑에서 기어나왔을 때는 몸 상태가 매우 끔찍했다. 발목은 부러지고, 팔은 멍들고, 폐는 엉망이 되

었다. 아저씨는 급히 병원으로 실려 갔다.

베니 아저씨 소식은 그날 저녁 늦게서야 소방서에 전해졌다. 루카스는 베니 아저씨가 무사하다는 소식을 들었던 순간을 영원히 잊지 못할 것이다.

선수들이 다시 운동장으로 뛰어 들어가자, 루카스는 가장자리로 걸어 나왔다. 베니 아저씨는 지팡이를 놓고 루카스에게 몸을 기대었다. 두 사람은 그 자리에 서서 아이들이 경기하는 모습을 지켜보았다.

베니 아저씨네 팀의 한 선수가 공을 잡고는 힘껏 던졌다. 기막히게 멋진 패스였다. 잡을 수 없는 공이었다.

하지만 제임스가 그 공을 쫓아갔다.

관중들이 자리에서 일어나 환호성을 터뜨렸다.

베니 아저씨와 루카스는 제임스가 달리고, 달리고, 또 달리는 모습을 지켜보면서 웃음을 터뜨렸다.

제임스는 있는 힘껏 달렸다. 숨을 헐떡이며 팔을 쭉 뻗었다. 밝고 푸르른 하늘을 두려움 없이 바라보았다.

| 작가의 말 |

생생하고 끔찍한 그날의 기억을 되살리며

원래 나는 이 시리즈에서 9·11 테러를 다룰 생각이 없었습니다. 하지만 이 시리즈가 출간된 이후, 9·11 테러에 대해 써 달라는 이메일을 수천 통이나 받았어요. 학교를 방문할 때면, 이렇게 묻는 아이들이 꼭 있었습니다.

"9·11 테러에 대해서도 쓰실 건가요?"

내 대답은 항상 "아니요."였어요. 난 아이들이 그 끔찍한 날에 대해 호기심을 갖고 있다는 사실에 충격을 받았어요. 나는 그날을 잊기 위해 노력해 왔거든요. 나에게는 9·11 테러로 가족을 잃은 친구들도 있고, 쌍둥이 빌딩이 무너져 내리기 전에 가까스로 빠져나온 친구들도 있어요.

그날은 나에게 너무나 생생하고 끔찍하게 남아 있습니다.

내 사무실은 세계 무역 센터에서 가깝지만, 그날 나는 뉴욕에 없었어요. 유럽에서 가족 모임을 하고 뉴욕으로 돌아오는 비행기 안에 있었지요. 남편은 친구의 결혼식에 참석하기 위해 영국 런던에 더 머물기로 하고, 저는 빨리 아이들과 부모님을 보고 싶어서 먼저 출발했어요. 아이들과 부모님이 뉴욕에서 약 60킬로미터 떨어진 우리 동네에서 나를 기다리고 있었거든요.

그런데 비행기가 이륙하고 1시간 30분 정도 지났을 때였어요. 문득 비행기가 천천히 도는 느낌이 들었어요. 나 말고는 아무도 알아차린 것 같지 않았어요. 나는 초조하게 앉아, 그냥 내가 잘못 느낀 거려니 생각했어요. 하지만 그때 승무원이 안내 방송을 했습니다.

"북아메리카 영공 전체에 영향을 미치는 대참사가 일어났습니다. 우리는 지금 런던으로 돌아가고 있습니다. 조금 뒤에 좀 더 자세한 정보를 말씀드리도록 하겠습니다."

대참사라고? 비행기 안에는 침묵이 감돌았습니다. 사

람들은 무슨 일인지 궁금해했습니다. 지진이 났을까? 폭탄이 터졌을까? 어떤 남자는 유성이 떨어졌을 수도 있다고 했어요. 조금 뒤 승무원이 다시 공지를 했습니다.

"승객 여러분, 상황을 말씀드리겠습니다……."

승무원은 두려움에 떨고 있는 승객들에게 정확히 무슨 일이 벌어졌는지 말했습니다. 비행기가 테러리스트들한테 납치되어 뉴욕 세계 무역 센터와 미국 국방부 건물에 부딪혔다고 했어요. 다른 비행기들도 테러와 관련 있을 수 있다고도 했지요. 재앙은 끝나지 않았다고요.

1시간 30분 뒤 우리는 런던에 내렸고, 나는 남편을 다시 만났어요. 그날 밤 늦게서야 우리는 가까스로 아이들과 부모님하고 통화했어요. 그리고 나흘 뒤에야 집으로 가는 비행기를 탔지요.

소방관과 구조 대원 수천 명이 쌍둥이 빌딩 재난 지역에서 생존자를 찾아 나섰습니다. '그라운드 제로'라는 이름이 붙은 그 지역은 매우 위험했습니다. 불길이 엄청난 연기를 내뿜었는데, 연기에는 불에 녹은 플라스틱, 금속,

납, 그밖의 독성 화학물질이 마구 뒤섞여 있었습니다. 구조 대원들은 보호 장비와 마스크를 써야 했지요.

많은 이들이 목숨을 잃었어요. 건물이 모두 붕괴되고 24시간 이내에 14명만이 살아서 구조되었습니다. 약 5만 명이 그날 쌍둥이 빌딩에서 일하고 있었는데, 약 2,500명이 목숨을 잃었습니다. 사망자 중에는 소방관 343명과 경찰관 60명도 포함되어 있었습니다. 이들은 건물이 무너질 때 그 안에, 또는 그 근처에 있었습니다.

테러가 있고 나서 몇 달 동안, 사람들은 다시 평범한 일상으로 돌아갈 수 있으리라 상상조차 할 수 없었습니다. 남동생을 잃은 내 친구, 그라운드 제로에서 구조 활동을 벌이다 유독가스와 먼지 때문에 심각한 병을 안게 된 수백 명의 소방관들, 가까스로 탈출했지만 그 끔찍한 장면을 가까이에서 직접 목격했던 수천 명의 사람들……. 많은 사람들이 예전처럼 살기 어려웠을 거예요.

오늘날, 그날의 공포가 여전히 아른거리지만 뉴욕은 그 어느 때보다 활기에 넘칩니다. 사람들은 최선을 다해 앞으로 나아가고 있습니다.

그렇다면 나는 왜 이 책을 썼을까요?

수많은 아이들, 선생님들과 이야기를 나눈 뒤, 나는 왜 많은 사람들이 나에게 이 책을 써 달라고 부탁했는지 이해했습니다. 9·11 테러는 여러분이 살고 있는 세상을 그 전과 다르게 바꾸었습니다. 그러니 그것에 대해 호기심을 갖는 건 당연하지요. 이 책이 여러분에게 그날의 생생한 느낌을 불러일으키면 좋겠습니다. 두려움과 용기, 공포와 충격을 말이에요.

원래 나는 베니 아저씨가 무너진 북쪽 빌딩 속에서 살아 나오지 못하는 걸로 마무리지을 생각이었어요. 나는 편집인에게 이렇게 말했어요.

"베니 아저씨는 살아 나오지 못했어요."

편집인은 내 말을 듣고 무척 슬퍼했어요. 하지만 우리 둘 다 이런 결론이 훨씬 더 현실적이라는 데 동의했어요. 나는 베니 아저씨가 20킬로그램이 넘는 장비를 등에 지고 북쪽 빌딩의 계단으로 뛰어 올라가, 불을 끄려고 했다고 구상했습니다. 루카스는 소방서에서 베니 아저씨가 돌아오기를 기다렸지만, 아저씨는 돌아오지 않았지요.

하지만 마지막 장면을 쓰고 있을 때, 갑작스레 베니 아저씨가 나타났습니다. 지팡이를 짚고, 깁스 사이로 토끼풀 그림이 삐져나와 있는 모습으로 말이에요. 맹세컨대, 베니 아저씨는 갑자기 그렇게 나타났어요. 나는 베니 아저씨를 무척이나 선명하게 떠올렸어요. 많이 다쳤지만, 눈은 반짝반짝 빛나는 모습을 말이에요. 아저씨가 나를 바라보며 이렇게 말하는 것 같았어요.

"이봐요, 슬픈 일은 이미 너무 많이 일어났어요. 루카스의 이야기는 행복하게 끝내면 안 될까요?"

그래서 나는 그렇게 했답니다.

- 로렌 타시스

한눈에 보는 재난 이야기 ①

2001년 9월 11일, 미국에서는 무슨 일이 있었나?

평화로운 아침, 미국의 심장부가 공격당하다

2001년 9월 11일 화요일 아침, 미국의 심장과도 같은 도시 뉴욕에서 믿을 수 없는 일이 일어났다. 오전 8시 46분, 아메리칸 에어라인 소속의 AA11 편이 세계 무역 센터 북쪽 빌딩에 충돌했다. 17분 뒤, 유나이티드 에어라인 소속의 UA175 편도 남쪽 빌딩에 충돌했다. 110층이나 되는 쌍둥이 빌딩 두 채 모두 비행기에 들이받힌 지 한두 시간 만에 완전히 무너져 내렸다. 미국인들은 물론, 전 세계 사람들은 텔레비전을 통해 중계되는 이 끔찍한 광경을 속수무책으로 지켜보아야 했다.

비극은 여기에서 끝나지 않았다. 오전 9시 37분에는 아메리칸 에어라인 소속의 AA77 편이 미국 국방부 건물에 충돌했다. 또한 오전 10시 3분에는 유나이티드 에어라인 소속의 UA93 편이 펜실베이니아주에 있는 들판에 추락했다. 방향으로 보아, 이 비행기는 백

악관이나 국회 의사당을 향하고 있었던 것이 분명했다.
더 충격적인 사실은 이 충돌이 기상 악화나 기체 결함, 조종사의 실수로 생긴 사고가 아니라, 미국의 정책에 반대하는 사람들이 계획한 테러라는 점이었다. 도대체 누가 막강한 군사력을 자랑하는 미국의 심장부에서 이런 어마어마한 일을 벌였을까?

누가, 왜 미국을 공격했을까?

9·11 테러는 이슬람 테러 조직인 '알 카에다'가 주도한 것으로 밝혀졌다. 당시 알 카에다를 이끌던 사람은 사우디아라비아의 오사마 빈 라덴이었다. 그는 미국이 막강한 경제력과 군사력을 바탕으로 수십 년 동안 자기네 입맛에 맞게 세계를 주무르고, 중동에 있는 나라 사이에서 일어난 다툼에 끼어들고, 이스라엘에 유리한 정책을 편 데 불만을 갖고 있었다. 그래서 자신의 뜻을 따르는 사람들과 자본을 모아 오랫동안 미국 공격을 계획하였고, 마침내 2001년 9월 11일에 미국을 상징하는 주요 건물들을 공격했다.

전쟁터가 되어 버린 미국

뉴욕과 워싱턴 등 여러 곳에서 동시에 일어난 테러로 미국은 한순간에 아수라장이 되었다. 뉴욕의 세계 무역 센터에서 2,500명 이상이, 워싱턴의 국방부 건물에서는 125명이 사망하거나 실종되었다. 납치된 4대의 비행기에 탄 승객 266명도 모두 목숨을 잃었다.

경제적 피해도 어마어마해서 돈으로 따져 보기 어려울 정도였다. 무엇보다 미국은 자존심에 큰 상처를 입었다. 미국이 생긴 이래 본토가 공격을 받은 것은 처음이기 때문이다.

국가 비상 사태가 선포됐고, 일주일 동안 증권 시장을 열지 못했다. 미국을 오가는 모든 국제 항공선도 차단되었다. 미국의 경제는 한 치 앞을 내다볼 수 없을 정도로 나빠졌다. 미국이 주도하던 세계 경제도 함께 깊은 수렁에 빠졌다. 전 세계 역사에서 찾아볼 수 없는 대규모 테러로, 미국인뿐 아니라 전 세계 사람들이 두려움에 휩싸였다. 이제 언제 어디에서 테러가 일어날지 아무도 알 수 없기 때문이다.

테러와의 전쟁을 선포하다

알 카에다의 본부는 아프가니스탄의 외딴 곳에 있었다. 9·11 테러가 있은 뒤, 조지 W. 부시 미국 대통령은 탈레반이 주도하는 아프가니스탄 정부에 오사마 빈 라덴을 잡아 미국에 넘기라고 요구했다. 하지만 탈레반은 이 요구를 거절했다.

2001년 10월 7일, 미국은 다른 나라와 힘을 합해 아프가니스탄에 전쟁을 선포했다. 미국과 연합군은 곧 탈레반 정부를 무너뜨리고, 알 카에다 대원들을 붙잡았다. 전쟁은 사실상 미국과 연합군의 승리로 끝났지만, 오사마 빈 라덴을 잡는 데는 실패했다. 그 뒤로 오랜 추적 끝에 2011년 5월 2일, 파키스탄에 숨어 있던 오사마 빈 라덴은 미군의 특수 대원들한테 사살되었다.

미국의 공격은 아프가니스탄과 알 카에다에 그치지 않았다. 부시 대통령은 '테러와의 전쟁'이라는 이름으로, 미국을 공격하려는 조직과 그들을 보살펴 주는 국가들에 전쟁을 선포했다. 그중 이라크를 대상으로 2003년에 전쟁을 일으켰고, 미국에 반대하는 정권을 무너뜨렸다.

하지만 테러리스트들이 왜 미국을 겨냥했는지에 대한 반성 없이, 보복성 전쟁을 일으킨 미국의 태도를 비난하는 사람들도 많았다. '테러와의 전쟁'이 진행되는 동안 미국과 미국을 돕는 국가들을 겨냥한 테러가 세계 곳곳에서 끊임없이 일어났고, 또 다시 죄 없는 시민들이 목숨을 잃었기 때문이다.

다시 우뚝 선 세계 무역 센터

2012년, 9·11 테러가 일어난 지 11년 만에 세계 무역 센터가 다시 세워졌다. 세계 무역 센터가 있던 자리의 절반이 추모 공원이 되었는데, 그곳에는 9·11 테러 때 목숨을 잃은 약 3,000명의 이름이 하나하나 새겨져 있다.

세계 무역 센터가 있던 자리는 '그라운드 제로'라고 부른다. 그라운드 제로는 원래 핵무기가 폭발한 지점을 뜻하는 말이었는데, 이제는 9·11 테러 현장을 가리키는 말이 되었다. 그만큼 9·11 테러가 전 세계 사람들에게 미친 충격이 크다는 것을 뜻한다.

기록으로 보는 9·11 테러

- 오전 8시 46분, AA11 편이 세계 무역 센터 북쪽 빌딩에 충돌
→ 오전 9시 3분, UA175 편이 세계 무역 센터 남쪽 빌딩에 충돌
→ 오전 9시 37분, AA77 편이 미국 국방부 건물에 충돌
→ 오전 9시 42분, 미국 영공이 폐쇄되어 모든 비행기의 이착륙 금지
→ 오전 9시 59분, 세계 무역 센터 남쪽 빌딩 붕괴
→ 오전 10시 3분, UA93 편이 펜실베이니아주의 들판에 추락
→ 오전 10시 28분, 세계 무역 센터 북쪽 빌딩 붕괴

- 사망자 및 실종자
→ 세계 무역 센터 : 약 2,500명 | 미국 국방부 건물 : 125명
→ 여객기 : 266명(AA11편 92명, AA77편 64명, UA93편 45명, UA175편 65명)

한눈에 보는 재난 이야기 ②

우리나라는 테러에 안전한가?

테러, 또 하나의 전쟁

테러란 특정한 목적을 가진 개인이나 단체가 폭력을 써서 다른 사람들을 위협하거나 공포에 빠뜨리는 행위를 말한다. 테러를 저지르는 사람들을 '테러리스트'라고 부르는데, 테러리스트는 자신의 목적을 이루기 위해서라면 군사 시설이 아닌 일반 사람들이 이용하는 시설도 가리지 않고 공격한다.

2001년에 미국에서 9·11 테러가 일어나기 전까지만 하더라도, 테러는 몇몇 사람들이 파괴력이 크지 않은 무기로 저지르는 공격에 지나지 않았다. 그래서 피해 규모는 전쟁과 비교해 그다지 크지 않았다.

하지만 9·11 테러가 발생한 뒤로는 세계가 테러를 바라보는 시각이 크게 달라졌다. 테러가 한순간에 지구촌의 종말을 가져올 수노 있을 정도로 위험해진 것이다.

지구촌 구석구석을 위협하는 테러

평화를 향한 사람들의 오랜 바람과는 달리, 지구촌 곳곳에서는 분쟁이 끊이지 않는다. 분쟁은 한 국가 안에서 일어나기도 하고, 이웃한 국가들 사이에서 일어나기도 한다. 그리고 이런 분쟁에는 항상 테러가 뒤따른다.

중동 가자 지구와 서안 지구를 둘러싼 팔레스타인과 이스라엘의 끊임없는 싸움, 인도와 파키스탄의 국경 분쟁, 독립을 원하는 티베트와 독립을 막는 중국의 갈등 등 국제적인 분쟁에는 뿌리 깊은 불신과 갈등이 자리 잡고 있다. 이들 지역에서는 하루가 멀다 하고 폭탄 테러 소식이 들려온다.

한동안은 'IS(이슬람 국가)'라는 이슬람 무장 단체가 마구잡이로 잔인한 테러를 저질러서 전 세계 사람들을 공포로 몰아넣었다. 이들은 자신의 뜻이나 이익에 반하는 상대편 지역이나 사람들을 무차별 공격했다.

한편 세계가 정보화 사회로 바뀌어 가면서, 정보 통신망을 공격하는 사이버 테러가 점점 심각해지고 있다. 사이버 테러는 국가 주요 기관의 정보 시스템을 해킹하고, 바이러스를 제작하고 퍼뜨려서 국가의 기능을 마비시키는 새로운 종류의 테러다. 특정한 목적을 가지고 해킹을 하는 사람들도 있지만, 자신의 실력을 뽐내기 위해 어리석은 짓을 하는 이들도 있다. 사이버 테러는 국제 사회가 함께 대응해야 할 정도로 큰 문제가 되었다.

우리나라에서도 테러가 일어날까?

우리나라는 남과 북이 정치적으로 대치하고 있는 상황이라, 북한의 테러 위협으로부터 안전하다고 할 수는 없다. 지하철과 비행기 같은 대중교통, 사람들이 많이 모이는 공연장이나 쇼핑몰에서 대형 테러가 일어날 가능성은 얼마든지 있다.

지진과 쓰나미, 태풍과 홍수, 지구온난화와 기상 이변 등 수많은 자연재해를 예측하고 철저히 대비하기 위해서 국제 사회가 협력해야 하듯이, 인간이 저지르는 테러와 같은 재해를 미리 방지하고 해결하기 위해서는 무엇보다 대화와 타협으로 문제를 해결하려는 노력이 필요하다.

테러가 자주 일어나는 지역에 여행을 가지 않는 소극적인 대처법도 필요하지만, 자기 나라의 이익과 아무런 상관이 없다고 관심을 갖지 않거나, 자기 나라 이익을 위해 싸움을 부추기는 태도는 문제 해결에 조금도 도움이 되지 않는다. 다른 나라 또는 남의 문제가 아닌 지구촌의 문제로, 아울러 우리의 문제로 관심을 갖고 바라보는 성숙한 자세가 절실하다.

- 신재일(옮긴이)